Astérix
AUX
JEUX OLYMPIQUES

Film réalisé par Frédéric Forestier et Thomas LANGMANN
Scénario du Film :
Thomas Langmann - Olivier Dazat - Alexandre Charlot et
Franck Magnier
Adaptation et dialogues du Film :
Alexandre Charlot - Franck Magnier et Thomas Langmann
Photos :
Laurent PONS
Acteurs présentés en couverture :
GERARD DEPARDIEU - CLOVIS CORNILLAC
BENOIT POELVOORDE - ALAIN DELON
VANESSA HESSLER

Ce livre est adapté du film
« Astérix aux Jeux Olympiques »,
inspiré de l'Album « Astérix aux Jeux Olympiques »
(© 1968 GOSCINNY-UDERZO/ © 1999 HACHETTE)

Adaptation du scénario pour le présent ouvrage :
Claude Carré

Nous sommes en 50 avant Jésus-Christ.
Toute la Gaule est occupée par les Romains...
Toute ? Non ! Un village peuplé d'irréductibles
Gaulois résiste encore et toujours à l'envahisseur.
Et la vie n'est pas facile pour les garnisons
de légionnaires romains des camps retranchés
de Babaorum, Aquarium, Laudanum et
Petibonum...

Tous ? Pas tout à fait : ce matin-là, l'un d'entre eux, appelé Alafolix, s'est éveillé bien avant les autres. Dès l'aube, cet intrépide Gaulois sort de sa hutte et libère d'un geste décidé son pigeon voyageur vers le ciel.

— Bon voyage, Télégraphix !

Alafolix regarde l'oiseau s'éloigner, puis il soupire en contemplant le portrait d'une jolie femme gravé sur une drachme, une pièce de monnaie grecque. Les Gaulois sont irréductibles, mais leurs cœurs peuvent parfois être conquis ! Et le cœur d'Alafolix, depuis plusieurs mois, ne bat plus que pour Irina, la superbe princesse de Grèce.

Le jeune Gaulois se met en route pour un long voyage à pied qui doit le mener jusqu'à Olympie. En attendant, le pigeon voyageur qu'il envoie à la belle Irina va lui annoncer, avec des mots choisis, son arrivée prochaine… Mais par Toutatis, que la route est longue de la Gaule à la Grèce ! Et non seulement longue, mais aussi semée d'embûches !

Pendant les trois mois que dure son périple, Alafolix doit affronter des pluies battantes, des tempêtes de neige, des ours mal léchés, des crampes aux mollets… Mais il est gaulois, et chez lui comme chez tous les siens, ce sont l'obstination et le courage qui l'emportent toujours !

Le petit Télégraphix, bien vaillant lui

aussi, boucle son trajet en moins d'une semaine. Une fois franchis les remparts d'Olympie, voilà qu'il met le cap vers d'immenses jardins, entourant un imposant palais. C'est là que résident le roi Samagas et sa fille Irina. Celle-ci est tellement jolie qu'elle a servi de modèle pour le dessin des pièces de monnaie du pays. En cette heure matinale, elle est assise sur son balcon où sa servante la coiffe.

— Princesse, regardez : Télégraphix est revenu !

Irina, rayonnante, regarde l'oiseau se poser, épuisé.

— Que m'apportes-tu, cette fois ?

Elle s'approche de lui et décroche de ses pattes un parchemin soigneusement roulé qui devient, en se dépliant, une gigantesque lettre, manuscrite avec application. En la lisant, ses yeux s'embuent : elle croit entendre la voix de son tendre Alafolix :

— « *Ce matin, Irina, commence mon long voyage, où ton amour, sans doute, saura guider mes pas. Enfin tes yeux verront bientôt mon visage...*

Dans trois lunes, ma douce, je serai au Palais et mon cœur sera à toi... »

— Trois lunes... soupire Irina.

Mais un matin, à l'autre bout de la ville, un jeune homme barbu, aux traits tirés, se présente devant le bureau de recrutement d'un grand édifice. Se faire embaucher comme serviteur au Palais royal, voilà le but d'Alafolix. Or, aux environs de midi dans la grande salle de cérémonie du Palais, des éclats de voix retentissent ; la discussion est rude entre le roi Samagas et sa fille.

— Jamais ! crie Irina. Je ne l'épouserai jamais !

Samagas, irrité, soulève un sourcil. Avachi sur son trône, sous une monumentale statue de Zeus, il mange avec les doigts divers mets que lui présentent des serviteurs. La bouche pleine, il répond paresseusement à sa fille :

— Tatatatata… Je l'ai pro-
mis à César. Tu épouseras
son fils Brutus lors de la clô-
ture des Jeux Olympiques.
Tu le dois à ton peuple, afin
de lui rendre l'occupation
romaine plus supportable…

— Comment vous, mon père, qui incarnez
la grandeur de notre civilisation, avez-vous
pu vous soumettre aux ordres de ce tyran ?

— César règne sur le monde, ma fille,
c'est comme ça, on n'y peut rien !

Fronçant les sourcils et serrant les poings,
Irina se bute :

— Je n'épouserai pas Brutus. J'en aime
un autre !

— Ah oui ! se souvient Samagas en prenant une voix ironique. Ton mystérieux
prince charmant ! Un auteur de parchemins à l'eau de rose !

À l'évocation d'Alafolix, Irina devient rê-
veuse.

— Tous ses mots sont gravés au fond de

moi, ce sont les mots d'un poète. Apollon lui-même ne pourrait me les faire oublier…

Toute à sa rêverie, Irina n'a pas remarqué l'étrange comportement d'un des nombreux serviteurs de son père. Ignorant les injonctions de Samagas qui lui réclame des fruits frais, il n'a d'yeux que pour la jeune princesse, tant et si bien qu'il finit par rater une marche et que les fruits de son plateau roulent sur les dalles de marbre.

Levant les yeux au ciel, le roi fait signe à un autre serviteur et continue son sermon :

— Mais enfin, Irina, qui te dit que ce n'est pas Brutus lui-même qui t'envoie tous ces mots doux ? Brutus est un homme vaillant, vertueux… Et puis un cavalier intrépide, m'a-t-on dit…

Irina, lisant la lettre d'Alafolix à haute voix, tente toujours d'amadouer son père :

— Écoutez ça, père :

« Je désire ton cœur comme César le monde,
Armé de mon amour, je me lance à l'assaut
Et, dans les bois, tous les animaux

Se joignent à moi pour crier d'une seule voix :
Irina ! »

— Irina ! répète en écho, dans l'ombre d'une colonne, l'étrange serviteur du roi.

La princesse Irina s'approche de ce curieux personnage et le regarde de plus près. Portant la main à son cœur, elle s'écrie :

— C'est vous ?!

— Quoi, c'est lui ? s'étrangle Samagas.

— C'est moi ! claironne Brutus en ouvrant au même moment la porte de la salle.

Suivi de sa garde, l'impétueux fils de César s'avance à grands pas et s'incline devant le roi, sa fille, et leurs conseillers.

— Brutus ? s'étonne Samagas, visiblement un peu agacé. On ne vous attendait pas de sitôt.

— Je sais, rétorque Brutus. Mais ça roulait bien, et il me tardait de rencontrer ma promise ! De plus, je ne suis pas venu les mains vides !

Retournant auprès de ses légionnaires qui ont amené jusque-là un objet dissimulé

sous un emballage très volumineux, il les apostrophe :

— Allez, vous autres, on déballe, on déballe !

Les légionnaires font apparaître une sculpture de Brutus, un pied reposant sur le corps d'un lion abattu. Face à lui, pâmée d'amour, se tient une représentation d'Irina. Fièrement, Brutus annonce :

— Voilà, Irina, c'est toi, moi et… un gros lion. Ça en jette, non ?

La gorge nouée, la princesse est incapable d'articuler quoi que ce soit. Brutus se sent obligé d'en rajouter :

— Bon, mais faut le voir chez soi, c'est pas pareil. Avec un bon éclairage… Mouais, vous trouvez ça ridicule…

— Ah non ! s'empresse de dire Samagas.

— Ah si ! crie une autre voix, plus inattendue.

C'est celle du serviteur qu'Irina vient de reconnaître, la voix d'Alafolix, qui a réussi à trouver le Palais et s'y faire embaucher !

— Qui a dit ça ? aboie Brutus.

— Moi ! Je m'appelle Alafolix, répond ce dernier en apparaissant en pleine lumière. Je viens du seul village gaulois qui résiste encore et toujours à Jules César !

— Voyez-vous ça ! s'étonne Brutus, décontenancé.

Il empêche néanmoins un de ses soldats de transpercer le jeune homme d'un coup d'épée, comme il en avait l'intention.

— Et ce n'est pas tout, ajoute Alafolix fièrement : j'aime la princesse Irina et je suis venu ici pour l'épouser.

Cette fois, Brutus éclate de rire et l'ensemble de ses légionnaires l'imitent.

— Dis-moi, Gaulois, pour qui te prends-tu ? Es-tu fils de roi, d'empereur ? Quels travaux d'Hercule as-tu accompli pour oser prétendre à la main d'une princesse, hein ?

Alafolix ne s'attendait pas à ce genre de question. L'air un peu perdu, ses yeux cherchent désespérément une idée… lorsque son regard accroche les statues d'athlètes qui ornent la salle du Palais, il la trouve enfin :

— Je vais gagner les Jeux Olympiques ! lance-t-il.

Brutus, qui se préparait à un nouvel éclat de rire, s'interrompt soudain. Ses deux proches conseillers, Mordicus et Pasunmotdeplus, intiment aussitôt l'ordre à tous les légionnaires de cesser de rire.

— Et moi, qu'est-ce que je fais ? reprend Brutus en se rapprochant d'Alafolix, l'air

mauvais. Je te chronomè-
tre ? Je mesure tes sauts ?
Je te masse les mollets ?

Alafolix recule d'un pas :
il a rarement vu autant de
folie dans le regard d'un
homme. Brutus fait un signe à
ses sbires.

— Tu m'as beaucoup amusé, petit Gaulois.
Mais maintenant, ça suffit. Allez, écartelez-
moi ça !

Mordicus dégaine son épée d'un geste vif
et s'approche d'Alafolix, mais Irina s'inter-
pose :

— NON !

— Comment ça, non ?

Avec panache, Irina répond fermement à
Brutus :

— J'accepte le défi ! J'épouserai le vainqueur des Jeux Olympiques. Le roi des
Grecs a le devoir d'unir sa fille à un homme
dont la bravoure se mesure à celle de son
peuple !

Brutus se tourne vers le roi.

— Mais qu'est-ce que c'est que cette histoire ? Enfin, Samagas, réagissez !

— Il faut que je prenne quelques avis, s'excuse le roi en se tournant vers ses conseillers.

La discussion est brève. Très vite, Samagas, un peu ennuyé, revient vers Brutus :

— Eh bien voilà… Euh, en gros, si c'est la volonté de ma fille, c'est aussi celle de son père le roi, donc qu'il en soit ainsi… Ma fille épousera le vainqueur des Jeux.

Brutus est soufflé. Il n'imaginait pas qu'on lui résisterait ainsi. Mais, en même temps, il doit relever le défi. Les Jeux, il est bien capable de les gagner, lui ! Avant de sortir du Palais, d'une démarche théâtrale, il prend quand même le temps d'avertir :

— Je vais le dire à mon père !

Trois mois plus tard, très loin vers l'ouest, en Gaule, deux amis se promènent dans une épaisse forêt.

— Ouaf ! Ouaf !

Trois amis, plus précisément. Idéfix, le fidèle petit chien blanc, ne laisse jamais partir tout seuls Astérix et Obélix à la chasse au sanglier.

— Astérix, demande Obélix, pourquoi c'est toujours le plus gentil et le plus faible

qui est mangé par le plus fort et le plus méchant ?

— C'est la dure loi de la nature ! Mais on peut aussi se servir de ses forces pour défendre le faible !

— Par exemple ?

— Eh bien quand les Romains, qui sont forts, nous attaquent, nous qui sommes faibles, il faut bien qu'on se défende. Et pour cela, Panoramix nous aide parfois à devenir plus forts…

— Moi je pense que la vraie force, c'est savoir retenir sa force, répond Obélix d'un air pénétré.

Un peu surpris, Astérix regarde son ami. Il s'apprête à objecter quelque chose quand soudain, un grand gaillard de Romain, torse nu et ruisselant de sueur, les dépasse à toute allure en courant sur le chemin.

— Ben… Qu'est-ce qu'il a, ce Romain ? s'interroge Obélix.

— Il avait peut-être déjà peur de nous

avant même de nous aper-
cevoir… suggère son com-
père.

— Je vais lui deman-
der !

Et Obélix, instantané-
ment, s'élance à la poursuite
du légionnaire, suivi, quelques
mètres plus loin, par Astérix. C'est un jeu,
pour eux, de le rattraper. Ils engagent aussitôt la conversation avec lui, fort poliment :

— Excusez-nous, Romain… Y aurait-il
quelqu'un qui vous poursuit ?

— On vous voyait trottiner, alors, euh…
on se demandait.

— On se disait que peut-être un sanglier
vous courait après ?

Le Romain s'agace vite de ce question-
naire. En haletant, il répond :

— Trottiner ? Comment ça, trottiner ? Je
suis Claudius Cornedurus, l'homme le plus
rapide de l'Empire romain !

— C'est vrai que vous marchez assez vite,
admet Obélix.

Et il accélère aussitôt, laissant le Romain sur place. Ce dernier s'arrête, épuisé et vexé. Il lance aux Gaulois, qui sont déjà loin :

— Eh, oh ! C'est moi le plus fort ! C'est moi qui ai été sélectionné pour représenter Rome aux Jeux Olympiques, par Jupiter !

— Ce n'est pas bien de toujours vouloir être le plus fort, monsieur le Romain ! lui crie Obélix.

Au même instant, à Rome, l'empereur César se livre à son exercice favori : l'auto-admiration.

Planté devant un grand miroir en pied, il se tourne et se retourne pour mieux se contempler. Tout en ajustant sur sa tête sa couronne de laurier aux feuilles d'or, il commente :

— César ne vieillit pas, il mûrit. Ses cheveux ne blanchissent pas, ils s'illuminent. César est immortel, et pour longtemps. César a tout réussi, tout conquis. César est de la race des seigneurs.

Il fait quelques pas, regarde la statue

de l'aigle doré qui décore sa chambre et jette un œil au guépard qui somnole au pied de son lit. Puis, se tournant une nouvelle fois vers son miroir, il claque des talons et s'adresse un salut magistral :

— *AVE* MOI !

De là où il est, il ne peut pas entendre son fils Brutus, qui tambourine sauvagement à la porte principale du Palais. Flanqué de son inséparable Pasunmotdeplus et d'une dizaine de légionnaires, Brutus trouve qu'on met du temps à lui ouvrir :

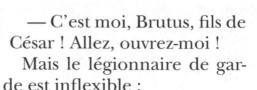

— C'est moi, Brutus, fils de César ! Allez, ouvrez-moi !

Mais le légionnaire de garde est inflexible :

— Vous avez le code ?

Le code, Brutus l'oublie toujours, il sait juste que c'est l'un de ses hommes qui le détient, mais il ne se souvient jamais lequel. Et eux non plus. Après avoir lancé des chiffres au hasard sans résultat, Brutus se met à hurler en direction du portier :

— ON VA ENVOYER LE BÉLIER, TU SERAS BIEN AVANCÉ, ABRUTI !

Et la porte vole en éclats...

— *Ave* César ! Votre fils est arrivé !

En soupirant, César lève les yeux vers le plafond de marbre de sa chambre et dit :

— C'est ainsi : l'Égypte a ses sept plaies, César, lui, a Brutus.

À peine l'impérial soupir a-t-il expiré sur ses lèvres que son fils fait irruption dans la

pièce, provoquant un feulement du guépard.

— *Ave* papa. Je reviens de Grèce. Je peux
te parler, là ? J'ai un petit contretemps. Mon
mariage avec la princesse Irina est reporté.
Mais rassure-toi, rien de grave, hein ! C'est
juste que le roi Samagas a décidé de donner la main de sa fille au vainqueur des Jeux
Olympiques. Donc, c'est moi qui vais représenter Rome.

César sursaute sur son siège.

— Qui ? Toi ? Mais c'est ridicule ! Tu es
incapable de représenter Rome puisque le
Romain, par définition, court plus vite que
les autres, saute plus haut que les autres et
lance plus loin... Je ne vois pas bien comment tu pourrais faire tout ça... Non, ta
place n'est pas sur le stade, elle est dans les
gradins, derrière César !

Buté, Brutus hausse les épaules.

— M'en fous, j'irai quand même.

— César te l'interdit ! tonne son père, se
dressant sur son trône.

— Parle à mon cubitus, ma tête est malade, marmonne Brutus.

L'empereur n'en peut plus.

— Et puis arrête de parler dans ta barbe !

Cette fois, c'est Brutus qui râle :

— Mais c'est chaque fois pareil, aussi ! Dès que j'ai un tout petit truc, une envie, une toute petite ambition, tu me la casses dans l'œuf ! Ah, si maman avait été là !

— Ah s'il te plaît, arrête avec ta mère ! Arrête avec ta mère !

César est hors de lui. Il est tellement exaspéré qu'il préfère céder plutôt que de continuer à discuter :

— Oh et puis, comme tu veux. *Alea jacta est.* Puisque tu veux faire le paon, puisque tu veux te montrer, eh bien va donc te faire voir chez les Grecs !

Encore une fois, c'est la loi de Brutus qui s'est imposée. Il n'en est pas peu fier. Tout sourires, c'est d'un ton plein de fiel qu'il reprend :

— Ah, au fait, papa, j'allais oublier, je t'ai ramené un petit souvenir de Grèce… Regarde, c'est un ballottin d'olives.

En regardant le petit sachet que lui tend son fils, César fait la moue. Non pas qu'il déteste les olives mais sa longue expérience d'empereur lui a appris à se méfier de tout. Il décline gentiment l'offre :

— Désolé, mon fils, mais je n'ai plus de goûteurs.

— Ah mais t'inquiète, hein, tu peux y aller, elles sont dénoyautées !

— Je te rappelle, Brutus, que depuis le début de l'année, tes petites attentions m'ont coûté quarante-sept goûteurs.

— Allons, papa, tu exagères… Bon appétit !

Et sur ces mots, suivi de ses acolytes, Brutus sort d'un pas triomphant. César, lui, reste méfiant. Il pique une olive dans le sachet, la regarde, la porte à sa bouche et puis suspend son mouvement.

Il préfère la jeter à son guépard. Celui-ci la gobe et pousse aussitôt un feulement déchirant. Il s'effondre sur le côté.

Pour fêter le retour d'Alafolix, tout juste revenu de Grèce, on a mis les petites auges dans les grandes. Le banquet de bienvenue est prêt, il ne reste qu'à réunir tout le monde. Et justement à ce sujet, il y a un petit contretemps :

— Alafolix ? ALAFOLIX !!

Le grand voyageur gaulois est introuvable. C'est en levant la tête qu'enfin Abraracourcix l'aperçoit, pendu par les pieds à la branche d'un arbre.

— Mais qu'est-ce que tu fais, Alafolix ? C'est une coutume grecque ?

L'air complètement désespéré, Alafolix répond d'une voix découragée :

— Non, c'est juste que, pour épouser la princesse Irina, je dois remporter les Jeux Olympiques. Et comme je sais que je n'y arriverai jamais, je préfère me pendre plutôt que de vivre sans elle.

Après avoir jeté un regard complice à Obélix, Astérix intervient :

— Mais, Alafolix, tu t'es pendu par les pieds !

— Et alors ? rétorque Alafolix, qui aurait haussé les épaules s'il avait été dans une autre position. Je ne veux pas mourir, je veux aimer !

Songeur, Obélix demande une précision à Panoramix :

— Il doit remporter les Jeux quoi ?

— Les Jeux Olympiques ! Des jeux qui ont lieu tous les quatre ans à Olympie. Des jeux réservés exclusivement aux Grecs et aux provinces romaines…

— Mais alors, remarque Astérix, nous pouvons y participer aussi puisque nous sommes une province romaine, d'une certaine façon…

— Ah non on est gaulois, pas romains ! s'insurge Obélix.

— Sauf que pour les Romains, on est… romains ! insiste Astérix. On aurait tort de ne pas en profiter !

Alafolix commence à comprendre que tout n'est pas perdu.

— Donc on peut participer à ces Jeux ?

— Eh oui ! répondent d'une même voix Astérix, Obélix, Panoramix et Abraracourcix.

Du coup, Alafolix frétille au bout de sa branche. Tout joyeux, il esquisse des mouvements de danse. Tant et si bien qu'à la longue la branche casse et qu'il s'écrase au sol. Le chef Abraracourcix, fronçant les sourcils, annonce solennellement ce que tout le monde attend :

— Bien ! Astérix et Obélix accompagneront Alafolix à Olympie. Panoramix ira avec eux et tiendra à leur disposition toute la potion magique qu'il faudra. Ils donneront une bonne leçon à César, devant tout son empire !

Provenant de la foule, une ovation méritée salue ces paroles, mais de l'autre côté des fortifications du village, ayant collé l'oreille à la palissade, l'athlète romain Cornedurus n'a rien perdu de cette conversation. Une lueur mauvaise s'est allumée au fond de ses yeux…

CHAPITRE III

Au stadium, près de Rome, l'entraînement des athlètes pour la compétition va bon train. Brutus, sa garde rapprochée et son entraîneur personnel passent les troupes en revue et s'arrêtent auprès des lutteurs. Le visage de Brutus s'éclaire d'un large sourire.

— Eh regarde ! dit-il à son entraîneur, regarde la prise, là ! C'est une prise à moi, c'est moi qui l'ai inventée !

— Magnifique, apprécie l'entraîneur, magnifique !

Il indique à Brutus une couche où s'allonger, afin de lui prodiguer les massages les plus apaisants. Tout en s'installant, Brutus fait le point avec lui :

— Rappelle-moi mes résultats d'hier, qu'est-ce que j'ai fait au saut en hauteur ?

— Saut en hauteur ? Douze pieds, ô grand Brutus, répond l'entraîneur en empoignant les cuisses de son athlète.

— Douze pieds ! C'est vraiment bien, je suis vraiment bon. Et au saut en longueur ?

— Au saut en longueur ? Vingt-six pieds, ô grand Brutus !

— Hmmh… je progresse, je progresse… Et au saut en largeur ?

— Ça n'existe pas, ô grand Brutus.

— Il faudra qu'on l'invente pour la prochaine fois, je pense que je serais très fort au saut en largeur.

Sous l'effet décontractant du massage, Brutus se met à somnoler, mais il a encore envie d'un petit accompagnement.

— Pasunmotdeplus, chante-moi quelque chose ! dit-il en fermant les yeux.

Pasunmotdeplus et l'entraîneur entonnent alors une comptine à la gloire de Brutus :

— « Brutus est magnifique, Brutus est merveilleux, Brutus est héroïque, Brutus est généreux. Il donnerait tout son or, le partagerait avec les plus démunis… »

Mais, même dans un demi-sommeil, Brutus est vigilant :

— Aux plus démunis ? Ah non non non, certainement pas, il ne faut pas dire n'importe quoi, non plus !

Et sur ces derniers mots il s'endort, et plonge aussitôt dans un rêve de grandeur comme il en a le secret. Tout de blanc vêtu sous une cuirasse en or, il chevauche un

magnifique cheval, blanc lui aussi. Du sommet d'une colline, il commande à des milliers de légionnaires, répartis en plusieurs centaines de divisions, proprement alignées. La plaine est couverte de soldats romains. Brutus les salue en levant le bras.

— *AVE* BRUTUS ! s'écrient d'une seule voix les milliers de légionnaires.

Mais le rêve tourne au cauchemar...

— C'est que, si vous voulez gagner les Jeux, intervient prudemment son entraîneur, il faudrait peut-être...

— Peut-être quoi ? grommelle Brutus, dans un demi-sommeil.

— Eh bien disons, vous mettre à lancer, à sauter, bref tout ce que font d'habitude les athlètes de haut niveau...

Cette fois, Brutus est bien réveillé, mais réveillé de méchante humeur : il n'apprécie pas du tout d'être tiré comme ça, bêtement, d'un rêve de toute-puissance.

— Attends, tu viens de me donner un ordre, là ?

— Ah mais non non non, mais pas du tout ! proteste l'entraîneur, affolé.

— Pasunmotdeplus, dis-moi, il vient bien de me donner un ordre ?

— Mmm... mmm... répond celui-ci dont l'élocution, il faut bien l'admettre, n'est pas très claire.

— Pfffff... soupire Brutus. Il y a des jours où je regrette de t'avoir fait couper la langue ! Bon, quoi qu'il en soit, envoie-moi cet entraîneur aux lions, il vient de me donner un ordre, et je n'aime pas du tout ça.

Malgré les cris et les supplications de

l'entraîneur, deux légionnaires l'entraînent *manu militari* vers la fosse aux fauves. Pour Brutus, c'est un incident mineur qu'il oublie aussitôt.

Il a d'autres préoccupations, en particulier sa préparation médicale pour le grand jour des Jeux. À cette époque, la magie et la médecine sont très liées, et parmi les préparateurs de potions plus que louches, se trouve un certain Docteurmabus, un médecin un peu sorcier. C'est dans son antre que Brutus et Pasunmotdeplus se retrouvent un peu plus tard.

L'endroit est sombre, lugubre, inquiétant. Sous la voûte arrondie de cette cave humide, se côtoient flacons malodorants, squelettes animaliers, et autres peaux de serpents. Dans la main de Docteurmabus, justement, une fiole fumante, emplie d'un liquide verdâtre peu ragoûtant.

— Voilà ma dernière trouvaille, annonce fièrement le mage, l'air complètement fou. Je l'ai appelé E.P.O. : Élixir Pour Olympie ! Mon chef-d'œuvre !

— Ça m'intéresse, souffle Brutus, observant en transparence l'étrange potion.

Et tandis que Pasunmotdeplus, curieux comme pas deux, se met à fureter dans les coins de l'antre, Docteurmabus continue de vanter les mérites de son invention :

— Complètement indétectable au test du coléoptère ! Je vais faire de tes athlètes les dieux du stade !

Brutus hoche la tête pensivement avant d'ajouter :

— Dis-moi, vilain, dans ton bazar, là, t'aurais pas un petit truc efficace qui permette d'éliminer un type vachement méfiant, qui serait, comme qui dirait... le chef de plein d'autres types dans le monde, y compris son fils, et dont celui-ci, par exemple, aimerait bien se débarrasser ?

— Vous voulez tuer César ? demande Docteurmabus.

— Mais non, qu'est-ce que tu vas chercher là ?

Se penchant à son oreille, le mage se confie à Brutus :

— Pour César, c'est simple : je n'ai pas de truc, j'ai LE truc !

Il s'approche d'une étagère où repose une curieuse petite statuette à forme humaine.

— Voilà, grand Brutus, dit-il. Voici Couverdepus, un inventeur de systèmes de mises à mort très très doué, remarquable, très inventif !

Ayant posé la figurine à terre, Docteurmabus empoigne un petit sac de cuir et marmonne des incantations d'une voix tremblante :

— Caribouli, cariboula, rimili rimili, rimilira !

Lorsque enfin il jette sur la statuette une poignée de poudre piochée dans son petit sac, un éclair éblouissant jaillit du sol et un nuage de fumée se répand dans l'atmosphère. La statuette est devenue un homme de taille normale, quoique pas très grand, et myope comme une taupe derrière ses épaisses lunettes. Brutus et Pasunmotdeplus en sont estomaqués. La créature, en plus, se met à parler :

— Rhâââââ !! Wouahhhh... mmh... Mille cloportes, Docteurmabus, je vais te clouer à ta porte, je vais te faire danser le mille-porte ! Je...

Mais déjà Brutus est fatigué de ses cris, il attrape par l'oreille la chose devenue humaine et l'attire à lui.

— Rappelle-moi ton nom, nabot ?

— Couverdepus !

— Moi, c'est Brutus, dit « Brutus le Grand ». Dit aussi « le méchant Brutus », ça dépend des fois. Mes règles, dans la vie, sont simples : si tu me rends heureux, je te couvrirai d'or. Mais si tu me déçois, je te ferai écarteler. Qu'est-ce que tu me proposes comme système de mise à mort ?

Brutus l'ayant relâché, Couverdepus commence par se frotter l'oreille, et puis s'active autour d'un alambic dans lequel il mélange tout un tas de produits plus écœurants les uns que les autres.

— Tout dépend de ce que vous souhaitez comme mort, dit-il. Mort lente, mort rapide, mort dans d'atroces souffrances, mort avec élégance…

— M'en fous, le coupe Brutus. Mort tout simplement, mort, disparu, Pfuit ! Plus personne pour me casser les pieds, jamais.

— Eh bien je crois que j'ai la solution : une dissolution. Il faut dis-soudre ! Ce petit mélange a la couleur des sels de bain, l'odeur des sels de bain, ça ressemble à des sels de bain, mais ça n'en est pas. En revanche, ça dissout en un centième de sablier !

Brutus, comblé, arrache des mains du gnome le nouveau « cadeau » pour César et sort en entraînant Pasunmotdeplus.

— Allez, on y va, parce que la Grèce, c'est pas l'arc de triomphe d'à côté !

Tous les chemins, même tortueux, mènent à Olympie. Pour quelques jours, Rome va perdre son titre de capitale de l'Empire au bénéfice de cette petite cité grecque bâtie entre les cyprès et les oliviers. Les athlètes et les supporters des quatre coins du monde vont y affluer, les champions de toutes les provinces vont s'y affronter dans le strict respect des règles de l'art et vont ainsi célébrer la vertu universelle du sport, qui a donné cette maxime intemporelle : « Que le meilleur gagne ! »

C'est bien dans cet esprit que se présente à la porte de la ville la charrette convoyant l'équipe gauloise. À son bord, la fine fleur du sport gaulois de haut niveau : Astérix, Obélix, Panoramix et Alafolix. Mais dès l'entrée du site, on sent une sorte de tension. Les temps sont durs, les contrôles sont rudes :

— Hopopopopop ! Vous, là, les barbares, parchemins d'identité !

Les deux légionnaires en faction, un Grec et un Romain, ont des mines patibulaires.

— Ils sont bien nerveux, ces gardiens… note Astérix en descendant du véhicule.

— Avec la venue de César aux Jeux Olympiques, explique Panoramix, les Romains ont exigé le déclenchement du plan « Vigipilum »…

Après les formalités d'usage, les Gaulois finissent par être admis au bureau des inscriptions. Les trois magistrats olympiques qui y siègent, Alpha, Bêta et Oméga, sont en pleine discussion.

— Euh, excusez-nous, les interrompt Astérix, c'est pour des inscriptions…

— Ah non, vous vous êtes trompés de file… Pour les tickets des spectateurs, c'est plus loin, là-bas !

— C'est que… on n'est pas des spectateurs mais des athlètes !

— Oui, nous sommes la délégation gallo-romaine, ajoute fièrement Alafolix.

— Des athlètes, vous ? Ah ah ah ah ah !!!

Et les trois compères d'éclater de rire, jusqu'à ce qu'Obélix, sortant de l'ombre où il était resté, s'approche d'eux et demande, d'un air peu engageant :

— Ça ne se voit pas, peut-être ?

Déglutissant à grand-peine, Oméga admet :

— Euh si, finalement si, oui. Vous pouvez aller vous faire graver le portrait, c'est la première porte sur votre gauche… !

Et voilà l'équipe gauloise engagée pour les Jeux !

À l'occasion des festivités olympiques, le roi Samagas a invité César dans son Palais d'Olympie et lui a réservé ses plus beaux appartements. En attendant le début des épreuves, César médite, comme souvent. Il pense à des choses fondamentales, et en particulier il réfléchit à César. Mais il est régulièrement dérangé dans sa méditation et souvent, c'est Brutus qui en est la cause.

Cette fois encore, son fils adoptif fait une entrée fracassante dans ses appartements,

 jetant au passage son casque à un serviteur.

— *Ave* papa !

Sans changer de posture, et sans rouvrir les yeux, César dit :

— On ne réveille pas un César qui dort.

— Excuse-moi, je viens juste d'arriver, il y avait un gros amphorisage à la sortie de Rome. Tous les chemins mènent à Rome, c'est sûr, mais une fois qu'on y est, pas facile d'en sortir ! Tu t'installes chez les Grecs, là ?

César doit une fois de plus expliquer, en soupirant :

— La Grèce fait partie de l'Empire, César est partout chez lui, donc César a pris ses quartiers chez lui-même.

Sortant de sous sa toge le sachet de Couverdepus, Brutus le brandit sous le nez de César, radieux :

— Tu ne devineras jamais ce que je t'ai rapporté de Rome ?

— Qu'est-ce que c'est que ça, encore ?

— Des sels de bain ! C'est une merveille, tu ne peux pas savoir : ça adoucit la peau, ça détend, c'est formidable ! Je vais te faire couler un bain, si, si… Tu vas l'essayer tout de suite, tu me remercieras, tu verras. C'est un petit artisan parfumeur qui fait ça, à Rome, à deux pas des catacombes… Très très sympa.

Sur ces mots, Brutus gagne la salle de bains, qui est toute proche, et ouvre à fond un robinet. L'eau se déverse à gros bouillons dans la baignoire couverte de mosaïques. Brutus y jette les cristaux de sel.

— Parce que tu vois, papa, enchaîne Brutus en criant pour couvrir le bruit de l'eau, tu conquiers, tu conquiers, d'accord, c'est bien joli de bâtir des empires, mais en même temps tu ne prends plus la peine de t'intéresser au petit artisan juste en bas de chez toi !

Sortant de la salle d'eau, il se campe face à son père et tente de plaisanter :

— Non, vraiment, l'eau est trop dure, ici. Et il n'y a rien de plus désagréable, après, quand ça gratte sous la cuirasse, non ?

César ne répond pas, se contentant de le fixer, soupçonneux. Un peu gêné, Brutus ne sait trop comment prendre congé.

— Bon, ben voilà... Je te laisse... Que ton bain soit délectable, papa !

Et il sort, l'air aussi dégagé que possible, sous le regard impénétrable de son père. Mais l'infâme Brutus ne se contente pas de savoir proche la dissolution de son père : il veut y assister ! Comme un serpent, il se glisse derrière une colonne et revient en catimini observer le spectacle.

Malheureusement pour lui, son père n'est

pas tombé de la dernière ondée. S'étant approché de la baignoire, et reniflant d'une narine prudente le mélange qui y mousse, il appelle :

— Goûteur de bain !

Brutus fulmine derrière sa colonne. Le *pater* est décidément super méfiant !

Dans Olympie même, c'est l'effervescence. Sur le stade d'échauffement, les athlètes de toutes les délégations confondues s'entraînent à qui mieux mieux, les lutteurs côtoyant les lanceurs de javelots, les sauteurs sautant au milieu des pugilistes. Une carte en marbre autour du cou, les compétiteurs gaulois se frayent un chemin dans la cohue.

— On va devoir s'entraîner, nous aussi ? demande Obélix.

— Ça ne sera pas nécessaire, sourit Astérix.

Soudain, Astérix s'arrête et prend Obélix à témoin :

— Regarde, le type, là-bas, qui court sur sa carpette roulante, on le connaît !

— Mais oui, c'est Cornedurus, le trotteur romain !

En les apercevant, Cornedurus se décompose et perd pied sur son tapis. Tout en s'affalant, il dit aux autres athlètes romains :

— C'est eux ! C'est eux les Gaulois invincibles dont je vous parlais ! On est fichus ! On est fichus !

— Des Gaulois invincibles ? se moque un de ses comparses. Ah ah ah ah, ça se saurait !

Et toute l'équipe romaine d'éclater de rire. Cornedurus, livide, n'a pas du tout envie de rire. Il n'a qu'une hâte : aller prévenir ses entraîneurs que le poison gaulois est entré dans la citadelle d'Olympie ! Il part en courant, et se met en quête de Brutus. Le message qu'il veut lui transmettre est clair : les Gaulois qui viennent d'arriver à Olympie sont gavés d'une potion magique qui les rend invincibles !

Mais comment les empêcher de participer ? Le grand moment de l'inauguration est arrivé. Place aux festivités, au spectacle, au grand show ! Le stade est plein à craquer, des milliers de spectateurs ont payé des centaines de drachmes ou de sesterces pour pouvoir assister au coup d'envoi des Jeux. Lorsque les trompettes se dressent vers le ciel et claironnent, c'est pour annoncer l'arrivée, dans la tribune officielle, du roi Samagas et de son hôte illustre : César en personne.

— *Ave* César ! Vive le roi Samagas ! entonne la foule.

À son tour, Irina fait son entrée dans la tribune. Les applaudissements et les vivats redoublent. Ce sont ensuite les magistrats de piste et les magistrats olympiques qui se présentent pour saluer. Mais les choses deviennent vraiment sérieuses, et les trompettes plus sonores lorsque Brutus entre sur la piste, la tête haute, sur son char. Il entame son tour d'honneur, suivi par Pasunmotdeplus, qui court à côté de ses chevaux. Lorsqu'il s'arrête face à la tribune d'honneur, il salue bien bas Irina, mais regarde Samagas et César avec mépris.

Tour à tour, ce sont ensuite les délégations d'athlètes goths, ibères, égyptiens, romains et gaulois qui s'avancent au milieu du stade. Alafolix est aux anges. Là-haut, dans la tribune, il sent qu'Irina n'a d'yeux que pour lui. Il s'incline respectueusement devant elle en arrivant sous la tribune officielle.

— C'est elle ? demande Astérix d'une voix complice.

— Oh oui, c'est elle... soupire Alafolix.

— Elle est jolie.

— Divinement jolie, et puis...

Mais il doit se taire car les trompettes sonnent à nouveau. Cette fois, c'est vraiment parti !

La première épreuve met aux prises plusieurs athlètes aux épaules musclées : c'est à qui lancera son javelot le plus loin possible sur la pelouse du stade. Brutus ne tient plus en place.

— Ça va être à moi, dit-il à Docteurmabus. Il est prêt, ton « Élixir Pour Olympie » ?

L'étrange gnome sort une fiole de sous sa cape et la présente à Brutus.

— Tout frais de ce matin !

— Dis donc, ça cocotte, ton truc, grimace Brutus après avoir reniflé la mixture.

— Ce n'est pas fait pour sentir bon, finasse Docteurmabus, mais pour devenir bon.

Brutus hésite et avale d'un coup le contenu du flacon. Rien ne se passe pendant quelques secondes puis, brusquement, tous ses muscles se mettent à grossir exagérément. En un clin d'œil, il triple de volume !

— AAAAAHHHH !!... se met-il à rugir. Y'a du record qui va tomber aujourd'hui !

Il se rue à l'extérieur et va se planter, dans une attitude de défi, face à la tribune d'honneur.

Brutus arrache un javelot des mains

d'un esclave et se dirige vers l'aire de tir. Il s'élance. Il court prodigieusement vite et on imagine que son javelot, une fois lancé, va dépasser les limites du stade... Mais Docteurmabus a mal dosé son E.P.O. En pleine course, l'un des mollets surgonflés de Brutus explose. C'est la catastrophe. Il se dégonfle comme un ballon et s'envole en couinant, effectuant une étonnante série de loopings.

Dans le stade, c'est la stupeur. Tous, spectateurs comme athlètes, suivent des yeux la folle trajectoire du concurrent romain. Et tous retiennent leur souffle : Brutus se dirige droit vers la tribune officielle, comme un missile.

— ATTENTION, PAPA ! a-t-il le temps de hurler.

Évitant de justesse son père, il termine sa course dans le grand buffet de fruits et de gâteaux dressé pour les invités dans la tribune royale. Irina éclate de rire, aussitôt suivie par une grande partie du public. Brutus, lui, se relève tant bien que mal. Essayant de conserver sa dignité, son javelot toujours en main, il redescend maladroitement les marches de la tribune et disparaît sous les gradins.

La compétition reprend. Pour le lancer du disque, un athlète ibère ouvre les hostilités. Son jet est puissant, une rumeur admirative parcourt les rangs des spectateurs. Obélix, lui, est plus réservé :

— Mouais, pas mal. Pour un Ibère.

En apercevant Astérix gagner l'aire de lancer, Assurancetourix, dans les gradins, se lève et crie, enthousiaste :

— Je le connais ! Il est de chez moi, il est de mon village !

Astérix prend son élan. Le disque s'élève dans le ciel et franchit les limites du stade, tranchant au passage le bras de l'une des

statues qui ornent le mur d'enceinte. Des acclamations s'élèvent, César fait une grimace courroucée.

— Tu vas voir, dit Obélix à Alafolix : dans ce genre d'épreuve, tout est dans le poignet !

Parce que c'est lui, Obélix, qui est sur la liste des concurrents pour le lancer de poids. Il observe attentivement le lanceur goth qui s'est présenté pour débuter l'épreuve. C'est un gros costaud, une sorte de cousin germain d'Obélix.

Il projette son poids très loin, presque aux pieds d'un juge de ligne. Les spectateurs goths se lèvent dans les tribunes comme un seul homme pour acclamer leur champion.

Pas impressionné du tout, Obélix lance à son tour et son poids décrit une courbe parfaite dans l'air, jusqu'à atteindre la statue sur le mur d'enceinte et lui casser le bras qui restait !

— Eh ben, en tout cas celle-là, elle ne pourra plus nous applaudir, s'exclame Assurancetourix sur son gradin.

En attendant, et sous les applaudissements de l'assistance, les Gaulois viennent de prendre une fameuse avance au score !

Dans le camp romain, c'est la consternation, les regards sont sombres, les mines
abattues, les épaules voûtées. Assis sur une
table, Brutus se fait masser. Pour les autres
comme pour lui-même, il cherche à se jus-
tifier :

— Je lance très bien le javelot, ce n'est pas
la question... Seulement, j'ai mal pris mon
élan, et voilà !

Non loin de là, Cornedurus se montre fata-
liste :

— Moi, je l'avais bien dit, que les Gaulois étaient invincibles, avec leur potion magique !

À ces mots, Brutus sursaute :

— Qu'est-ce que tu as dit, là ?

Cornedurus raconte, pour Brutus, sa rencontre au fin fond de la Gaule avec quelques spécimens de sportifs gaulois...

Les spécimens de sportifs gaulois, justement, il y en a deux sur le podium, à qui les magistrats remettent des récompenses pour leurs performances. Obélix a déjà sa palme et salue la foule, tandis qu'Astérix s'apprête à saisir la sienne. Mais un intrus surexcité déboule au pied du podium et interrompt la cérémonie :

— ARRÊTEZ TOUT ! hurle Brutus. Objection ! Réclamation ! Contestation !

Les magistrats, Alpha, Bêta et Oméga se retournent, médusés. Brutus fulmine :

— Y'a tricherie ! J'accuse ces Gaulois d'avoir bu de la potion magique !

— Et toi, t'as rien pris, peut-être ? rétorque Astérix, à qui la moutarde monte au nez.

Brutus le toise :

— Oui, mais ça n'a rien à voir, parce que moi, j'ai perdu !

Rien de cette conversation n'échappe aux spectateurs de la tribune d'honneur. César, Samagas et Irina attendent la décision des magistrats.

— Hum, hum ! toussote Bêta, nous allons procéder au test des coléoptères.

Sitôt dit, sitôt adopté. Un serviteur apporte un coffret à l'intérieur duquel bourdonnent trois gros scarabées volants. Pour l'exemple, Alpha attrape un des coléoptères par une patte et souffle dedans. Une fois relâché, l'insecte continue à voleter, sans autre réaction. Rien de pareil avec nos deux Gaulois : à peine ont-ils soufflé dans leurs coléoptères que ceux-ci partent en flèche dans le ciel olympien, laissant derrière eux une traînée de fumée.

Un brouhaha de consternation parcourt les gradins, Brutus prenant les spectateurs à témoin :

— Ah ! Vous avez vu ?

— Non, mais moi je suis tombé dedans quand j'étais petit, explique Obélix aux magistrats.

Inflexible, Bêta annonce :

— Les athlètes gallo-romains sont disqualifiés, pour usage de magie ayant augmenté leurs performances !

Dans la confusion qui s'ensuit, Irina et Alafolix sont dépités, Astérix et Obélix bien ennuyés, et Brutus furieux parce que ce sont les lanceurs grecs qui sont déclarés vainqueurs.

Mais c'est César que cette affaire a vexé le plus. Lorsqu'il parle à Brutus, quelques minutes plus tard, il lui passe un savon très gratiné !

— Brutus, une seule défaite peut détruire
ce que des victoires ont bâti ! Avec tes performances, tu es la honte de l'Empire romain ! Entends bien ceci : si tu ne rempor-
tes pas ces Jeux, ce n'est pas seulement ton
mariage qui sera ruiné, mais ton avenir !
César t'enverra dans une lointaine colonie,
une province parmi les plus éloignées de
l'Empire, parmi les plus barbares, les plus
froides et les plus moches ! Tu ne remettras
jamais plus les sandales à Rome, par Junon
et par moi-même !

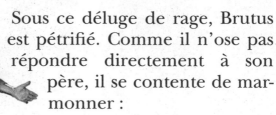

Sous ce déluge de rage, Brutus est pétrifié. Comme il n'ose pas répondre directement à son père, il se contente de marmonner :

— Je m'en fous, je te tuerai, de toute façon !

— Comment, qu'est-ce que tu dis ?

— Hein ? Rien... Je me disais juste que ça faisait longtemps que je n'avais pas offert un gentil cadeau à mon petit papa.

— SORS D'ICI !

Devant le courroux de son père, Brutus ne se le fait pas dire deux fois.

Du côté des Gaulois, dans le stand qui leur est réservé, c'est surtout Alafolix qui déprime, affalé sur un siège, la tête dans les mains. Astérix essaie de lui remonter le moral.

— Allons, Alafolix, rien n'est perdu ! Avec

ou sans potion, on est fiers et courageux ! On est gaulois, oui ou non ?

— Oui, bien sûr, mais tous ces athlètes, là, ils sont bourrés de muscles ; moi, à côté, je suis ridicule !

— Mais non ! Pense à ta princesse, intervient Obélix. L'amour, ça soulève des montagnes !

Astérix tape dans le dos d'Alafolix, et le fait lever :

— Allons, viens, Obélix va t'entraîner au pugilat. C'est le partenaire idéal : tu ne risques pas de lui faire mal !

Sur la piste d'entraînement, Alafolix commence à marteler de ses petits poings le ventre d'Obélix. Comme il ne frappe pas assez fort, Astérix l'encourage :

— Imagine que c'est Brutus, allez, cogne ! Cogne !

— Oui, cogne ! reprend Obélix, accompagne tes coups avec l'épaule, comme ça !

— OBÉLIX, NOOOON !!

Mais l'avertissement d'Astérix arrive trop tard ! Obélix, voulant montrer l'exemple d'un coup de poing, soulève Alafolix de terre et le projette contre une colonne où il s'écrase. Astérix s'emporte, furibond :

— Est-ce que je t'ai demandé de le frapper ?

Surpris et vexé, Obélix proteste :

— Je n'ai pas frappé, j'ai montré ! J'ai illustré tes propos par des gestes !

— Est-ce que je t'ai demandé d'illustrer mes propos par des gestes ?

Obélix commence à se sentir agacé :

— Bon, il faut l'entraîner, ou pas ?

— L'entraîner, oui, le démolir, non !

Dressés sur leurs ergots, les deux amis sont maintenant appuyés ventre contre ventre, rouges comme des crêtes de coqs gaulois. Obélix hurle :

— Parce que comme d'habitude, c'est môssieur Astérix qui sait tout mieux que tout le monde ?!

— Et tu vois ce que ça fait, môssieur Obélix, quand c'est môssieur Obélix qui prend des initiatives ?

— C'est pour l'endurcir, notre champion !

Sur ces entrefaites un peu houleuses, Assurancetourix fait son entrée dans la salle, tout pimpant :

— Alors, on n'attendait pas son barde préféré, hein ?

— Ben qu'est-ce que tu fais là ?

— Hmm… J'en avais assez de notre village de barbares, où le talent est muselé, étouffé, bâillonné, écrasé à coups de poing permanents ! Me voici enfin dans la cité des arts, pour chanter vos exploits auprès d'un public de connaisseurs !

Tout chancelant, Alafolix revient auprès d'eux, encore plus abattu qu'avant.

— Nos exploits ? dit-il, tu peux ranger ta harpe, alors !

Attendris, Astérix et Obélix font la paix en voyant dans quel état se trouve leur jeune ami. Obélix le serre tendrement contre lui, le réconfortant comme il peut :

— Faut pas dire ça, Alafolix ! Tu as toutes tes chances… Et puis ton cœur est amoureux. Un cœur amoureux, c'est beaucoup plus fort qu'un cœur d'athlète !

— Mmh… chantonne Assurancetourix en effleurant les cordes de sa harpe, voilà qui est bien dit : je pense que ces mots méritent d'être mis en musique !

À l'entendre, la plupart des athlètes présents prennent discrètement la poudre d'escampette…

CHAPITRE VI

Le lendemain matin, deuxième jour de compétition, Brutus a invité les trois éminents magistrats olympiques, Alpha, Bêta et Oméga, à venir le visiter sous sa tente. Il les accueille à bras ouverts :

— Ah mes amis, entrez, entrez… Excusez-moi de vous recevoir dans cette modeste tente… « Le bédoin reçoit bien, même sous le ventre de son chameau » dit le proverbe mésopotamien.

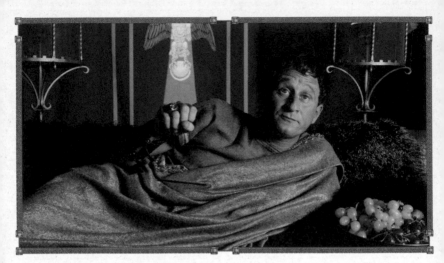

Mal à l'aise, les trois magistrats affichent le même sourire figé devant Brutus qui gobe goulûment des grains de raisin, allongé sur sa couche. Un sourire qui se fige encore plus lorsque Cornedurus et un légionnaire font leur entrée, portant tous deux un plateau rempli d'or.

— Surprise ! s'exclame Brutus.

Les sourcils des magistrats se froncent considérablement.

— Mais…

— Qu'est-ce que c'est ?

— Ce n'est quand même pas pour nous ?

Brutus joue l'innocent :

— Ah, ça ? Oh, ce n'est rien, juste un petit cadeau entre amis.

Oméga semble le plus remonté des trois notables :

— Vous plaisantez ? Vous savez comment nous appelons ce procédé dans notre jargon professionnel ? De la corruption !

— Tout de suite les grands mots, rit Brutus. Ce n'est pas ça, la corruption, la corruption, ce serait si je vous donnais de l'argent, par exemple.

— Et ça, qu'est-ce que c'est ? insiste Oméga.

— Ça ? Juste un petit peu d'or, un simple tas de métal jaune.

— En même temps, intervient Bêta, si c'est un cadeau, c'est malpoli de refuser…

Oméga se drape dans sa dignité :

— Non, monsieur Brutus, vous vous trompez de personnes ! Honnêteté, probité, légalité, voilà ce que nous représentons ! Venez, messieurs, nous en avons assez entendu !

Entraînant ses deux collègues, Oméga se dirige vers la sortie. Brutus les arrête alors qu'ils sont au seuil de la tente, un rictus cruel tordant ses lèvres :

— Eh, machin ! Dans ce cas, j'ai autre chose à vous proposer : et si je vous faisais écarteler, toi et tes deux gugusses ?

Alpha, Bêta et Oméga s'immobilisent tout net, déglutissant bruyamment.

— … Écarteler ?

— Ah, dans ce cas, évidemment, ça mérite réflexion…

— Du coup, peut-être que finalement on va prendre l'or… Hein, les gars, qu'est-ce que vous en pensez ?

— Oui, ça me paraît sage, moi aussi…

Sous les yeux triomphants de Brutus, les trois magistrats incorruptibles se partagent le tas d'or, le dissimulant tant bien que mal sous leurs toges avant de gagner honteusement la sortie.

Au programme de cette journée, sont proposées les épreuves d'athlétisme, si appréciées du public. Chaque province aligne ses meilleurs compétiteurs pour la course de relais.

C'est Astérix qui est au départ, juste à côté de Cornedurus.

Au coup de gong, les six athlètes s'élancent, chacun serrant dans sa main le rouleau de parchemin qui servira de témoin. Derrière le sprinter romain, Astérix n'est pas mal placé après le premier tour de piste. Il a déjà en ligne de mire son prochain relayeur : Alafolix, qui piaffe dans son couloir.

Un autre concurrent trépigne dans son couloir : Brutus. Le fils de César est prévu pour le deuxième relais. Dans le dos d'Alafolix, il le nargue, le provoque, en s'agitant :

— Oh, toi, je vais te bouffer !

On se passe les témoins dans la confusion, la bousculade, les encouragements, les invectives. Alafolix et Brutus s'élancent pour leur tour de piste. Quand, soudain, le coureur de l'équipe romaine sort de la piste et court en biais à travers le stade ! Il est en train de tricher, sous les yeux de tout le monde !

— Eh ! Mais… Ho ! hurle Astérix, tellement énervé qu'il ne trouve pas ses mots.

Tous les athlètes s'arrêtent et montrent du doigt Brutus qui se dirige vers l'autre côté de la piste. Dans le stade, tout le monde hurle, siffle, s'époumone. La tricherie est trop flagrante, c'est n'importe quoi. Heureusement que les trois magistrats intègres vont disqualifier ce malpropre, et le flanquer hors du stade à grands coups de pied au derrière !

En passant la ligne d'arrivée, Brutus joue les essoufflés, haletant, courbé en deux, les mains sur les genoux.

— Ouh… J'ai tout donné, là !

Les clameurs de la foule sont si puissantes,

sa colère si vive que finalement Brutus s'adresse à un juge de ligne :

— Quoi, qu'est-ce qu'il y a ? Y'a un problème ?

Le juge de ligne a l'air embarrassé, il se tourne vers la tribune des magistrats et leur envoie un signe de tête interrogateur. Les trois magistrats eux-mêmes semblent mal à l'aise dans leurs sandales à lanières. D'autant que la présence menaçante, dans leur dos, de Pasunmotdeplus, n'est pas faite pour les rassurer.

— Brutus est déclaré vainqueur ! finit par annoncer Alpha, sous les huées, les sifflets, les lancers de projectiles divers.

C'en est plus qu'Astérix peut supporter. Depuis la piste, il interpelle César, dans une attitude de défi.

— Alors, Jules, content ? lui lance-t-il.

Un silence de mort tombe brusquement

sur le stade. Samagas semble confus, Irina inquiète, César fronce les sourcils. Astérix reprend :

— Quelle jolie victoire, vraiment ! Ah, elle est belle, la grandeur de Rome ! Brutus va sûrement gagner les Jeux, mais avec ses tricheries, on va se moquer des Romains jusqu'aux confins de l'Empire ! Jules César va devenir le champion des Jeux Truqués !

Le roi Samagas se tord les mains. Il a très peur que l'intrusion de ce coureur gaulois, pour une raison ou une autre, ne se retourne contre lui. Alors il souhaite mettre César à l'aise :

— Voulez-vous que je le fasse empaler, ou dévorer ? Couper en morceaux, peut-être ?

L'Empereur est au-dessus de ça. Il est au-dessus de tout, en général. Il se lève lentement et son ombre terrible recouvre la silhouette du petit Gaulois moustachu.

— Tu oses défier César, petit Gaulois. Tu es bien audacieux ! D'autres ont fini dans le ventre des lions pour moins que ça !

— Bien dit, papa ! intervient Brutus. Je serais toi, je le ferais écarteler sur-le-champ !

Ignorant l'intervention de son fils, César s'approche lentement d'Astérix. Il l'interroge, mais sans vraiment attendre de réponse :

— Tu dis que Rome a triché ? Tu dis que le public est déçu ? Alors sache, petit Gaulois, que Brutus n'est pas Rome. Et heureusement.

Et se tournant vers la foule qui le regarde depuis les gradins, il la prend à témoin :

— N'est-ce pas ?

— *Ave ! Ave* César ! lui répond-on de toutes parts.

— Voulez-vous, peuples de mes provin-

ces, une épreuve de vaillance et de courage ? Sans potion ni magistrats corrompus ?
Vous voulez du sang, de la sueur et des
larmes ?

— OUIIIIIIII !!... hurle la foule, électri-
sée par le discours de son empereur.

— Alors César annule tout ce qui a eu
lieu jusqu'à présent et décrète que le vainqueur des Jeux sera le gagnant de l'ultime
épreuve : la course de chars !

Cette annonce est accueillie avec enthou-
siasme. Tous, spectateurs comme concurrents, ovationnent la prestation de César.
Il n'y en a qu'un qui fait la tête : Brutus.

— Arrête de sourire, fayot ! dit-il à
Cornedurus en lui administrant une petite
claque.

Tandis que les Jeux battent leur plein, Brutus n'a toujours qu'une idée en tête : se débarrasser de César, et au plus vite ! Mais ce bougre d'empereur est méfiant comme un loup solitaire. Il faut trouver de toute urgence la bonne idée, la ruse absolue, le stratagème parfait… Couverdepus aurait-il trouvé LA solution ? Il vient d'apporter au Palais un grand objet rectangulaire, maladroitement emballé.

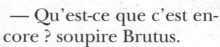

— Qu'est-ce que c'est encore ? soupire Brutus.

— Cette fois, j'ai vraiment trouvé ! lui confie à voix basse Couverdepus.

Tout en ricanant d'un air diabolique, il explique :

— Puisque César est amoureux de lui-même et de son reflet, eh bien c'est son reflet qui le perdra !

— Mais encore ?

— Regarde, ô Brutus ! C'est un miroir qui a l'air normal, vu comme ça… Sauf que des fléchettes empoisonnées sont dissimulées dans le cadre ! Lorsque la personne se présente devant le miroir, le mécanisme se déclenche et les fléchettes sont propulsées sur elle. C'est la mort instantanée !

— Instantanée ? reprend Brutus, ravi.

— Oui, mais parce qu'on a réglé la dose de poison sur « instantanée ». On peut tout aussi bien choisir l'option « mort dans d'atroces souffrances » ou « mort de soif », ou que sais-je…

— Ça me paraît astu-
cieux... Bon, on va l'apporter dans la chambre de qui
tu sais...

Ils empoignent le paquet
et se dirigent vers les appartements de l'empereur.

— Tiens, une visite, quelle excellente surprise ! dit la voix fielleuse de César.

Sans oser se retourner, les deux complo-
teurs s'immobilisent.

— Ah c'est toi, papa, dit Brutus d'une voix
tremblante. Justement, on voulait te voir...
Je te présente mon ami Couverdepus !

— *Ave César* ! salue le bouillonnant gnome.

— C'est ça, oui. *Ave* moi. Et qu'est-ce qu'il
fait, ton ami ?

— Euh… Il est artisan miroitier, il miroite,
en quelque sorte. Il a fabriqué un cadeau
exprès pour toi. Allez, Couverdepus, parle
de ton cadeau, c'est toi qui l'as fait, c'est toi
qui en parles le mieux !

— Eh bien, immensissime César, ce miroir
n'est pas n'importe quel miroir…

— Bon, vite, j'ai à faire…

— Oui, oui, voilà, continue Couverdepus, hum hum… Tout le problème avec un miroir normal, pour César, c'est qu'il doit pouvoir refléter la beauté absolue de César sans aucun défaut, tout comme si c'était César qui se reflétait dans César.

César et Brutus froncent les sourcils, Couverdepus s'enfonce encore un peu plus :

— Et que donc, rien n'étant supérieur à la beauté de César, il fallait que le miroir renvoie un reflet parfait de la beauté de César, tout en ne constituant pas une insulte pour lui. Ce n'était pas simple à résoudre.

— Bon, soupire César en levant les yeux au ciel, déballe ce truc, qu'on en finisse.

— Oui, déballe, déballe, ajoute Brutus nerveusement.

Couverdepus s'y colle, en prenant soin de ne pas apparaître directement dans le miroir. Tout comme Brutus qui s'écarte chaque fois que la face réfléchissante de la glace se trouve dirigée vers lui.

— Voilà, le miroir est sur pied : on vous laisse, César, avec votre Césarissime image...

— Père, que ce modeste miroir vous apporte la satisfaction suprême, minaude Brutus en se retirant à son tour.

Mais, comme chaque fois qu'il tend un piège à son père, Brutus ne s'éloigne pas vraiment : il reste à distance, se cache et observe.

César, curieusement, n'a pas l'air pressé de s'admirer. Se méfierait-il de son fils ?

En même temps, il est enivré à la perspective de se voir, dans sa suprême attitude impériale. Il se penche, se penche, lentement, sous les yeux implorants et exorbités de Brutus… Et puis brusquement se recule tout en appelant :

— Goûteur de miroir !

Brutus et Couverdepus sont écœurés. César a vraiment pensé à tout ! Il n'est pas empereur pour rien.

Quelques heures plus tard, Brutus convoque une réunion au sommet. Tout paraît tellement mal parti dans ses projets qu'il convient de passer à la vitesse supérieure. Il réunit donc sa garde rapprochée et ses conseillers les plus éminents. Et ce n'est pas folichon : à part Pasunmotdeplus, il y a là, sous la tente, Cornedurus et Docteurmabus. C'est sur proposition de ce dernier que tout le monde va se mettre à réfléchir :

— Bon, il n'y a pas quarante-six solutions : on fait enlever le druide gaulois et on l'oblige à nous donner la recette de sa potion.

— Ah oui ? Et tu fais comment ? demande Brutus, méfiant.

Docteurmabus prend l'air mystérieux.

— Ma toute dernière trouvaille, dit-il fièrement en sortant une fiole de sous sa toge, est un élixir d'invisibilité, pour enlever Panoramix pendant le prochain congrès des druides !

Sans perdre un instant, Brutus cherche autour de lui le meilleur moyen de vérifier l'information.

— Cornedurus ! Attrape ça, et bois…

— Mais… C'est que j'ai quelques problèmes de foie en ce moment, et…

— M'en fiche. Bois, je te dis !

En ronchonnant, Cornedurus se saisit du flacon. Il hésite un peu mais compte tenu du regard de Brutus, il comprend qu'il a tout intérêt à ne pas tarder. Il laisse couler plusieurs gorgées d'élixir au fond de sa gorge et rend la fiole en disant :

— Ça marche pas, ton truc, là !

Puis il éternue violemment et disparaît soudainement, comme s'il n'avait pas été dans la pièce, comme s'il n'avait jamais existé ! Docteurmabus, tout content, désigne l'endroit vide en souriant à Brutus.

— Et voilà ! Cornedurus est là, mais on ne le voit plus.

— Déjà qu'on ne le voyait pas beaucoup, constate Brutus, les yeux fouillant dans les coins pour essayer de retrouver son champion.

Il est assez stupéfait, même s'il ne veut pas le montrer.

— Bon, déclare-t-il, Cornedurus, tu m'entends ?

— Oui, oui, répond quelque part en l'air une voix.

— Tu pars à l'instant pour le congrès des druides. On t'accompagne. Et pas d'entourloupe, je te préviens ! On ne te perd pas de vue !

Le congrès des druides européens réunit chaque année les meilleurs spécimens de mages et autres druides à moitié sorciers que compte le continent. Parmi les druides spectateurs, il y en a quatre qui hochent en cadence leurs têtes patibulaires. Sous leurs fausses barbes et autres postiches, on devine une bande d'espions romains. L'un d'entre eux, qui a la tête d'un fils d'empereur, s'adresse à un personnage qui n'existe pas. Il lui dit :

— Cornedurus, va chercher. Il nous faut ce druide !

Aussitôt dit, aussitôt fait. Capturé par Cornedurus, invisible, Panoramix est arraché à l'affection des siens, en plein congrès. Mais cette malveillance ne reste pas longtemps ignorée. Alors que les athlètes gaulois prennent un repos mérité à la belle étoile avant l'épreuve de la course de chars, un vieux druide à la barbe en bataille et épuisé les rejoint. D'une voix hachée, il leur explique :

— Panoramix, votre druide… Il a été enlevé en début de nuit… Sur les lieux de notre congrès annuel… Une force invisible l'a kidnappé !

— Comment ?

— Enlever un druide !! Mais à quelle époque vit-on ?

Les deux Gaulois sont effarés. Ils se lèvent, réconfortent le vieil homme dont le cœur bat la chamade, et se mettent à réfléchir à toute vitesse.

— Sans Panoramix, dit Astérix en se tortillant la moustache, on ne remportera jamais les Jeux et jamais Alafolix n'épousera Irina !

— Ouaf ! Ouaf ! confirme Idéfix.

— Ouaf ! Ouaf ! répète Astérix : ça, c'est une idée. Et si on faisait renifler à Idéfix quelque chose que notre druide aurait touché… Quelque chose qui ressemblerait par exemple à… ça !

Et il pose la main sur sa gourde de potion, cette gourde que Panoramix a si souvent remplie…

— Allez, cherche, petit chien, cherche !

C'est ainsi que dans la nuit, en écho à ses appels, d'autres chiens se transmettent le message et que bientôt toute la ville est au courant de l'enlèvement. À commencer par Etna, la jolie petite chienne d'Irina, en passant par quelques dalmatiens, et en finissant par le bouledogue qui monte la garde devant la tente de Brutus… Celui-ci a des informations de première fraîcheur à communiquer.

Dès qu'il les a obtenues, Idéfix s'élance comme une flèche à travers la nuit et les campements des athlètes. Alafolix, Astérix et Obélix lui emboîtent le pas. Après une longue marche, ils arrivent devant l'une des tentes du campement romain. Deux légionnaires montent la garde. Ils s'interposent.

— Qu'est-ce que vous faites là, Gaulois ?

Et ils décollent aussitôt, suite aux coups de poing que leur décochent simultanément les visiteurs. Lorsque Astérix soulève la porte de la tente, c'est pour découvrir Panoramix, seul, enchaîné, à proximité d'un énorme chaudron fumant.

Les Gaulois se précipitent vers leur druide et défont ses liens.

— Ouf, tu es là… Personne ne t'a fait de mal, Panoramix ?

— Non, répond le druide, qui n'a pas l'air trop mal en point. Ils voulaient juste que je leur prépare ma potion magique. Je leur ai dit qu'il me manquait de la bave de chauve-souris naine. Ils m'ont cru, ces idiots ! Mais si ça continue, ils vont finir par me torturer…

— Ils ne vont rien te faire du tout, puisqu'on t'emmène avec nous, le rassure Astérix.

Quant à Obélix, il n'y croit pas :

— Faire du mal à un druide ! se lamente-t-il, n'importe quoi ! Pour de la potion, en plus ! Il n'y a qu'à en donner à tout le monde, de cette potion ! Comme ça, tout le monde sera à égalité et moi, je pourrai participer !

Cette dernière remarque fait hausser un sourcil à Astérix :

— Tu sais quoi, Obélix ? Tu es un génie !

— Qui, moi ? s'étonne ce dernier en se retournant et en cherchant quelqu'un d'autre.

— Mais oui ! Puisque les Romains tiennent tellement à cette potion, on va leur en donner !

Obélix n'est pas sûr de bien comprendre mais il hoche la tête :

— Oui, bien entendu, c'est ce que je voulais dire...

Panoramix, qui semble soucieux, les entraîne :

— Bon, les amis, il vaut mieux y aller, maintenant. Les Romains ne devraient pas tarder à revenir...

En effet, ils approchent, ramenant dans un petit flacon un peu de bave de chauve-souris naine. Ça n'a pas été simple d'en recueillir. Mais maintenant que tous les ingrédients sont réunis, à eux la potion, la vraie, l'authentique, d'appellation contrôlée !

Bien sûr, ils déchantent en découvrant, sous la tente, la place vide laissée par le druide, libéré de ses chaînes. Mais en approchant du chaudron qui fume toujours, Brutus garde confiance :

— Hé hé… ricane-t-il, il l'a fait, son petit ragoût magique ! Il a eu peur d'être écartelé, le druide, il a craqué !

— Heu, mais pourquoi a-t-il laissé le chaudron ? s'inquiète Docteurmabus.

— Eh bien je ne sais pas… Peut-être qu'il n'avait pas de brouette pour le porter, qu'il en a juste bu un peu, qu'il a neutralisé les deux gardes, qu'il a défait ses chaînes et qu'il est retourné à son congrès, voilà !

S'approchant du chaudron et laissant traîner une narine au-dessus du mélange qui bout à petit feu, Docteurmabus se montre plus méfiant :

— C'est sûrement un piège...

— Dans ce cas, dit Brutus, qu'on en ait le cœur net ! Couverdepus, prends-en une louche...

Et il lui plonge la tête dans le chaudron.

— Ça y est, tu as bu ? demande-t-il en le redressant.

— Oui, ça glarg... ça y est ! répond Couverdepus en hoquetant.

Brutus sourit.

— Bien, maintenant, donne-lui une baffe !

Docteurmabus n'est pas du tout d'accord.

— Pourquoi moi ?

— Parce qu'il y a longtemps que j'en ai envie, explique Brutus.

— Et moi aussi, ajoute Couverdepus, la mine gourmande.

La baffe monumentale que Couverdepus

décoche à Docteurmabus soulève celui-ci à une vitesse supersonique et le fait passer à travers le plafond de la tente. *Vlouuuuufff !!!*

En regardant le trou laissé dans la toile par le passage de la fusée humaine, Brutus se lâche et se met à hurler :

— *Yes ! Yes !* Ça marche ! On a la potion magique ! Je vais gagner les Jeux Olympiques ! Et bien plus encore… Je vais devenir le maître du monde ! *Il maestro del mondo ! Il commandatore !*

Il sort en gambadant et fait le fou dans la nuit, criant et dansant à la lune…

CHAPITRE VIII

Le lendemain, les choses sérieuses commencent. Après les épreuves-apéritifs, voici venu le temps du plat de résistance sportif, la course suprême que tout le monde attend, l'affrontement au sommet entre les différentes provinces romaines : la course de chars. Le stade est comble, les tribunes du peuple et celle des élites pleines à craquer, le soleil est au zénith.

Dans une grande confusion, dans les cris

et les hennissements, les attelages se mettent en place. Ça sent déjà la sueur, le sang, le cuir et le crottin. Les pur-sang piaffent, les carénages des chars étincellent, les conducteurs se toisent.

Du côté gaulois, on s'active, on bouchonne le flanc des montures, on les bichonne. Alafolix, qui va mener le char, s'apprête à en prendre les rênes. Apercevant Astérix penché sur le cou d'un des chevaux, il s'étonne :

— Que se passe-t-il ? Un problème ?

— Non, rien, je murmure juste à l'oreille des chevaux… On ne sait jamais, ça peut aider…

Les Gaulois tournent la tête car une clameur salue l'entrée sur la piste de l'équipe goth. C'est un char rutilant, racé, d'un rouge vif, profilé pour la course en circuit. Son pilote est revêtu d'une peau de bête, il a le visage fermé et ne parle que le goth.

C'est au tour de Brutus d'entrer en scène. Celui-ci, fermement installé à la proue d'un char figurant un aigle doré aux ailes déployées, mène un attelage de chevaux blancs. Il est impressionnant.

César s'est avancé au balcon de sa tribune. De là-haut, il lève le bras et aussitôt tout le monde se tait. La parole de César est d'or, elle aussi.

— Que le sable du stade rougisse du sang des perdants ! clame-t-il.

Brutus, de son char, ne peut réprimer un sourire mauvais.

— C'est ça, marmonne-t-il entre ses dents, profites-en bien, parce que ça ne va pas durer !

En effet, alors que les yeux de la foule sont tournés vers la piste, quelque chose d'inhabituel se trame en coulisse. Insensiblement, discrètement, des légionnaires en cuirasse noire prennent position à l'arrière des tribunes. Ce sont des membres de la garde personnelle de Brutus.

Un par un, ils se glissent aux endroits stratégiques. On dirait que ça complote dur...

Dans l'arène, le commissaire de course brandit le drapeau du départ. Au signal, les fouets claquent et les chevaux font crisser leurs sabots.

La course est dure, on ne se fait aucun cadeau. Lancés à pleine vitesse, affolés par les brûlures des fouets, les chevaux ont parfois du mal à négocier les virages. Dans cette foire d'empoigne, Brutus est à la fête, tous les coups lui sont permis. Il commence par se débarrasser du concurrent égyptien, en le poussant à la faute. Deux des pur-sang arabes partent d'un côté de l'arête centrale de la piste, et deux autres s'engagent de l'autre côté. Sous l'impact, le char est pulvérisé et le malheureux conducteur égyptien est catapulté contre une colonne de marbre.

— Ça fait de la place, on y voit un peu plus clair, maintenant, se félicite Brutus.

Ce qui est clair aussi, c'est l'avance que possède déjà le char goth. Alafolix, lui, est bon dernier à la fin du premier tour.

Après en avoir terminé avec le char égyptien, Brutus a une surprise pour le conducteur grec : ayant amené son char tout contre le sien, il l'interpelle :

— Eh, machin ! J'ai oublié de te dire un truc… Jette donc un œil à ton essieu !

Se penchant, le pilote grec regarde au niveau de ses roues : de toute évidence, quelqu'un de mal intentionné a scié l'essieu par le milieu.

— Ça t'apprendra à ne pas vérifier ton matériel avant le départ ! *Ciao, baby !*

Et Brutus éclate d'un rire énorme, tandis que petit à petit le char grec se plie en deux et se désagrège, laissant divers débris joncher la piste. La foule, impuissante, gronde… Mais le jugement des magistrats olympiques est sans appel : à son tour, la Grèce est éliminée. La course continue, à un rythme haletant.

Le char goth, réglé comme un métronome, passe le deuxième tour en tête. Quant à Alafolix, malgré les encouragements de ses proches, il a déjà presque un tour de retard sur ses concurrents. Obélix commence à se faire du souci :

— Dites, vous êtes sûrs que c'est une bonne idée d'avoir donné de la potion à Brutus ?

— Patience, Obélix, patience… lui répond calmement Panoramix.

La patience, Brutus n'en a pas beaucoup avec ses adversaires. Ayant amené son attelage au niveau du char ibère, il le serre contre la rambarde pour essayer de le déstabiliser. Les deux hommes, ne pouvant en venir aux mains, s'expliquent à coups de fouet.

Hélas pour l'équipe hispanique, Brutus, qui a avalé de la potion avant le départ, attrape au vol le fouet du concurrent ibère et soulève celui-ci de son char… avant de le faire tourner comme un caillou dans une fronde et de l'expédier faire un vol plané au-dessus du stade.

— *Olé !!* s'écrie Brutus, triomphant.

— Hispanie éliminée ! clame le juge de ligne.

Ainsi, petit à petit, l'horizon de la course s'éclaircit pour Brutus. Même le char goth s'arrête quelques secondes au ravitaillement. Lorsqu'il repart, il se retrouve au coude à coude avec celui de Brutus. Agaçant comme un frelon, Brutus provoque son adversaire.

— Elle avance bien, ta quatre chevaux ! Mais t'as quelques pièces en trop, ça t'alourdit !

Et d'un bond, il saute sur l'un des chevaux goths. Il a l'air en pleine forme, d'une souplesse et d'une habileté insoupçonnées. Se laissant pendre en arrière contre le flanc du cheval, il se penche sur le pignon qui relie l'attelage au char et le retire.

— Et voilà, t'iras plus vite, maintenant !

Il laisse le char goth, détaché de ses chevaux, finir sa course piteusement et s'échouer dans le sable. Le pilote goth, son entraîneur, les autres concurrents, Astérix, Obélix, Irina et presque tous les spectateurs dans les gradins crient d'une seule voix :

— TRICHEUR !

Même Oméga, pourtant complice, y va de sa protestation :

— Vous appelez ça de la course de chars, moi j'appelle ça du cirque !

— C'est moi le champion, c'est moi le champion ! chantonne Brutus en envoyant des baisers fougueux à Irina.

Celle-ci, furieuse, lui jette au passage son écharpe qu'elle porte autour du cou. Croyant à un geste d'amour, Brutus est d'abord ému, mais voilà que cette fichue écharpe s'enroule autour de sa tête et l'aveugle. Puis elle glisse vers le sol et finit par se prendre dans l'axe des roues. Emporté par ce mouvement, Brutus se retrouve au bas de son char, la tête coincée, le métal du casque frottant contre la roue et faisant des étincelles.

— Ouaaaahhhh… Ça chauffe !! hurle Brutus.

Lui aussi est obligé de faire un arrêt d'urgence à son stand. Là, Cornedurus doit lui balancer un seau d'eau au visage et décapsuler son casque, qui était à deux doigts de prendre feu. À ce moment-là de la course, Alafolix est seul sur la piste et rattrape son tour de retard.

Mais ce qui se joue sur le stade n'est rien comparé à ce qui se joue aux abords de la tribune officielle.

— Vous avez bien compris ? demande le chef de la garde noire à ses meilleurs hommes : infiltration, encerclement, sommation. Quand tout le monde est en place, j'interviens et je dis : « Vous êtes en état d'arrestation ! »

Sur ces indications, il quitte les lieux, sans avoir remarqué qu'au niveau supérieur de la rambarde des Gaulois de passage n'ont rien perdu de cette petite conversation intime.

— T'as entendu ? demande Assurancetourix à Obélix, qui vient de le rejoindre, ils veulent arrêter César !

— Oui, c'est bien ce qu'ils ont dit, ils préparent un coup en douce.

Voilà ce qui se trame pendant que le peuple et que César lui-même se divertissent innocemment aux Jeux grecs. Dans l'arène, la course n'est pas finie : l'écurie goth confectionne à toute allure un attelage de rechange, alors que dans l'écurie de Brutus, se déroule un spectacle étonnant. Profitant qu'on ne le regarde pas, le fils adoptif de César s'approche de ses chevaux et leur fait boire le contenu d'une fiole.

— Allez, ouvre la bouche... Et vous aussi, tenez, c'est bon pour vous, vous allez voir... Vous allez devenir supersoniques !

Les pur-sang déglutissent maladroitement puis, sous l'effet de la potion, leurs naseaux se dilatent, puis leurs yeux, puis leurs poumons, leurs muscles... Un instant plus tard, le char de Brutus se retrouve sur le circuit comme par magie, mené par des chevaux fumants. Loin devant lui, là-bas, en bout de piste, Alafolix est sur le point de franchir la ligne d'arrivée. Il est juste menacé par le char goth de remplacement, le conducteur fouettant ses chevaux pour un dernier effort. Alors, dans un cri surhumain et un claquement de fouet sauvage, Brutus sonne la charge :

— YAHAAA !!...

Ses chevaux s'envolent littéralement vers l'arrivée. Ce n'est plus un char, mais un missile qui déboule sur la piste, raclant la rambarde dans le dernier virage et fondant sur ses adversaires qui semblent galoper à l'envers.

Il les dépasse nettement dans les derniers mètres, les coiffant sur le poteau ! C'est un coup de théâtre, un retournement de dernière seconde, le stade n'en croit pas ses yeux : Alafolix le Gaulois n'est que deuxième. Seuls les spectateurs romains ovationnent leur champion, le reste de la foule est tétanisé, sous le choc, muet de stupéfaction.

Alafolix, comme dans un cauchemar, voit la suite de la scène se dérouler au ralenti : Astérix et Obélix, qui crient leur colère, Irina, là-haut dans sa tribune, si belle et si lointaine en même temps, qui secoue la tête, incrédule, César, au contraire, qui manifeste sa joie et surtout l'infâme Brutus, dans son tour d'honneur, la gorge ouverte

sur un cri de triomphe qui n'en finit pas…

Les dés en sont jetés, maintenant. La situation est simple, résumée d'une formule sur le panneau d'affichage : « Rome Vainqueur ». Alafolix le Gaulois, qui a échoué, n'épousera pas Irina, la fille du roi Samagas.

CHAPITRE
IX

Une drôle d'ambiance règne sur le stade et la tribune officielle, au moment de la remise des trophées. Une partie de l'assistance est acquise à Brutus et l'ovationne, une autre est écœurée par ses méthodes et le hue. Mais lui s'en fiche : il s'apprête à revêtir la cuirasse dorée récompensant le vainqueur, tout en couvrant Irina de regards langoureux.

À quelques mètres de là, alors qu'on indique « Gaule deuxième » sur le panneau

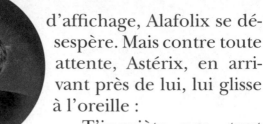

d'affichage, Alafolix se désespère. Mais contre toute attente, Astérix, en arrivant près de lui, lui glisse à l'oreille :

— T'inquiète pas, tout va très bien se passer, tu vas voir…

Et poursuivant son chemin, le petit Gaulois moustachu s'avance vers César.

— Objection ! crie-t-il. Contestation ! Réclamation !

Les sourcils impérialement froncés, César baisse son regard courroucé vers l'enquiquineur :

— Quoi, encore ?

— J'accuse Brutus d'avoir fait usage d'une potion magique qui donne une force surhumaine !

Un éclat de rire un peu forcé ponctue ces paroles. Brutus, l'air menaçant, réagit aussitôt :

— Moi, triché ? Ha ha ha ha !! Brutus n'a pas besoin de potion magique pour gagner !

Un brouhaha s'élève, faisant place à un silence respectueux lorsque Irina s'avance au balcon de la tribune et prend majestueusement la parole :

— Une princesse grecque ne peut être promise à un tricheur ! J'exige que Brutus soit soumis à un test de dépistage !

Brutus ne se laisse pas démonter. Dans la nuit, sur ses ordres, ses hommes de confiance ont forcé les magistrats à manger les coléoptères.

— Mais bien volontiers, ma petite liqueur de myrte ! Je me prêterai à tous les contrôles que tu voudras !

Et tandis que les magistrats, ouvrant le coffret, le trouvent vide et poussent de hauts cris, Astérix intervient encore :

— Pas besoin de coléoptères, cette fois ! Notre druide a mis du colorant dans la potion pour piéger les tricheurs comme toi ! Je vais vous montrer…

Le petit Gaulois saute au bas de la tribune,

entre dans l'arène et se dirige vers les chevaux de l'attelage de Brutus. Arrivé devant le premier, il lui ouvre la bouche, attrape sa langue et la sort au grand jour : elle est toute bleue !

— Ooooohhh ! réagit la foule dans un long soupir consterné.

— Et ce n'est pas tout ! poursuit Astérix malicieusement : ta langue aussi est bleue, Brutus !

Tous les regards tournés vers lui, Brutus se sent obligé de réagir.

— Ha ha ha ha ! rit-il d'une voix un peu étranglée. Bleue, ma langue ? N'importe quoi ! Soyons un peu sérieux !

— Brutus, dit alors Irina, si tu veux ma main, je t'ordonne de me tirer la langue !

— Tu n'y penses pas, ma chérie, ce serait particulièrement grossier, et…

— Brutus ! Si tu me veux pour épouse, fais-le !

Pris au piège, le fils de César commence par sortir un tout petit bout de langue, puis, devant l'insistance générale, un bout un peu plus long et enfin, pour que tout le monde voie bien, sa langue entière. Elle est d'un bleu vif, plus bleue que bleue !

L'air gêné et penaud de Brutus sonne terriblement faux. Un homme se lève dans les gradins et, le premier, crie :

— Vive les Gaulois !

À ces mots, Astérix se précipite sur Alafolix et lui lève le bras en signe de victoire. C'est une sorte de signal : de toutes parts, dans les gradins, on se lève et on acclame Alafolix.

— Bravo ! Vive les Gaulois ! Vive les vainqueurs !

Même Assurancetourix a le droit d'entonner un refrain à sa façon :

— On est les champions, on est les champions, on est, on est, on est les champions !

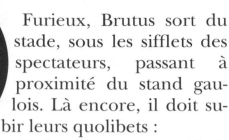

Furieux, Brutus sort du stade, sous les sifflets des spectateurs, passant à proximité du stand gaulois. Là encore, il doit subir leurs quolibets :

— Enfin, l'important, c'était de participer, hein ? rigole Obélix avant d'ajouter : ah, au fait, y'a des gens qui complotent contre votre papa !

— Des Romains, précise Assurancetourix.

— Habillés en noir !

D'ailleurs, à ce sujet, ça s'anime dans les tribunes. L'ambiance est tendue. Sentant confusément des mouvements inhabituels dans son entourage, César s'apprête à quitter les lieux. Mais c'est trop tard ! Des légionnaires en cuirasses noires surgissent des coulisses et l'encerclent, lances en avant, pointées vers lui. Ils sont une vingtaine, mais l'empereur les regarde avec mépris.

— Veuillez laisser passer César ! C'est César lui-même qui vous le demande !

Les soldats ne bougent pas. Le temps est

passé où tout ordre de César était exécuté à la lettre. Le chef des légionnaires s'approche, déterminé.

— Vous êtes en état d'arrestation ! clame-t-il.

— Eh oui, malheureux aux Jeux, heureux en succession ! dit une voix agaçante.

C'est celle de Brutus, qui vient de rejoindre les membres de sa garde. Passant devant son père toujours tenu en respect par les pointes de vingt lances, Brutus s'approche du balcon de la tribune d'honneur et proclame, d'un ton sans réplique :

— Écoutez-moi, peuple ! César est mort ! Brutus empereur est né ! Vive le grand Brutus !

S'il s'attendait à ce que la foule le suive et répète avec lui « Vive le grand Brutus ! », il en est pour ses frais. C'est la confusion qui règne, une confusion mêlée d'incompréhension. Dans ses propres troupes, il y a comme du flottement.

— Emparez-vous de César, aboie-t-il, sai-sissez-le !

Étrangement, aucun soldat ne bouge. Ivre de rage, Brutus remonte les quelques mar-ches qui le séparent de son père. Il s'adresse à Mordicus et Pasunmotdeplus :

— Vous, attrapez-le !

Les regards affolés de ses hommes passent de l'empereur à son fils, et inversement. Craignant autant l'un que l'autre, ils sont incapables de prendre une décision. Sou-dain, César fait un pas. Puis un autre. Per-sonne ne bouge. Alors il continue d'avan-cer et une par une les lances s'abaissent, s'écartent pour lui laisser le passage. Sans se presser, César se dirige vers son fils. Arrivé en face de lui, il s'arrête et le toise. Celui-ci se décompose lentement, et balbutie :

— C'était euh… Comment dire… Sym-pa, ces Jeux, non ? C'est vrai, ça détend… Et quand je disais « attrapez-le », il fallait attendre la suite… Je voulais dire : « Attra-pez-le et portez-le en triomphe ! »

Brusquement, César le gifle. Il est rejoint par Obélix qui décroche une droite à Brutus. Tout le monde lève la tête vers le ciel pour suivre la trajectoire du projectile.

— Merci, Gaulois, articule lentement César.

Puis, après s'être tourné vers la foule qui l'acclame à nouveau, il décide :

— Il faut rendre aux petits Gaulois ce qui appartient aux petits Gaulois ! La course et les Jeux Olympiques ont été remportés par l'équipe… gallo-romaine !

Devant une telle grandeur d'âme, la foule ne peut qu'approuver.

— *Ave* moi ! se salue-t-il avec une grande modestie.

Les trompettes annonçant officiellement la remise de la palme, Alafolix descend précipitamment de la tribune et gagne le centre du stade pour rejoindre la place qui lui revient de plein droit, la première, sur la plus haute marche du podium !

Quand il a coiffé la palme, Irina le rejoint. C'est ensemble qu'ils saluent le peuple grec et les spectateurs invités des autres délégations. Les Jeux couronnent leur champion et scellent aussi l'alliance gréco-gauloise…

C'est à Olympie, quelques jours plus tard, que sont célébrées les noces. Et comme il est d'usage chez les Gaulois, un grand banquet est organisé. Les invités sont réunis en une gigantesque tablée où l'on parle, rit, chante, mange et boit avec la plus grande énergie. Il y a un monde fou. Abraracourcix

et Bonnemine sont venus spécialement de Gaule, pour l'occasion. Sans rancune, Alafolix a même invité les trois magistrats corrompus, Alpha, Bêta et Oméga. Il est tellement heureux… Penché à l'oreille de sa belle, il lui susurre des mots doux et lui raconte son pays.

Astérix et Obélix découvrent avec un grand intérêt les spécialités grecques et Assurancetourix met la dernière main à son hymne en l'honneur des mariés. Bref, l'ambiance est au beau fixe, la fête est très réussie.

Ainsi se poursuivent les festivités, jusque tard dans la nuit, dans les éclats de rire et les excès de ripaille. Tout cela est très animé et très bruyant, mais deux des convives, enlacés un peu à l'écart, n'entendent rien des échos de la fête, tant chacun est plongé dans le regard de l'autre.

Irina la Grecque et Alafolix le Gaulois viennent enfin de se retrouver pour leur plus grand bonheur et celui de leurs peuples…

FIN

www.bibliothequeverte.com

Le site de tes héros préférés

TES SÉRIES PRÉFÉRÉES

CONCOURS

QUOI DE NEUF ?

L'ATELIER

LA BOUTIQUE

LA BIBLIOTHÈQUE VERTE

TABLE

« Pour l'éditeur, le principe est d'utiliser des papiers composés de fibres naturelles, renouvelables, recyclables et fabriquées à partir de bois issus de forêts qui adoptent un système d'aménagement durable. En outre, l'éditeur attend de ses fournisseurs de papier qu'ils s'inscrivent dans une démarche de certification environnementale reconnue. »

Imprimé en France par Jean-Lamour - Groupe Qualibris
Dépôt légal : janvier 2008
20.07.1550.1/01 – ISBN 978-2-01-201550-0
Loi n°49-956 du 16 juillet 1949
sur les publications destinées à la jeunesse